아무거나 분방구

글 정은정

이야기를 담고 나눌 때가 가장 신납니다. 나눈 이야기들이 오래오래 어린이들 곁에서 힘이 되기를 바랍니다. 그동안 동화 『부끄럼쟁이 꼬마 뱀』 『소원 들어주는 풍선껌』 『다짜고짜 할머니』 『똥덩어리 삼총사』 『열려라, 돈나무!』 『못 말리는 친구 사전』 『나최고 미용실』, 그림책 『오늘은 무슨 날?』 『뚜껑 뚜껑 열어라』 『오찍이』 『따라따따 자동차』 『엄마는 따뜻해』 등을 냈습니다. 『아무거나 문방구』로 제28회 창비 '좋은 어린이책' 원고 공모 대상을 받았습니다.

그림 유시연

마음이 따뜻해지는 유머와 상상을 그림으로 그리고 싶습니다. 그림책 『꼼꼼 의사와 덜렁 조수의 수상한 병원』을 쓰고 그렸고, 『나와 마빈 가든』 『잎갈나무 숲에서 봄이를 만났다』 『애니캔』 『돼지 왕국』 『차별에 맞서 꿈을 이룬 빛나는 여성들』 『영원한 페이스메이커』 『그냥 씨의 동물 직업 상담소』 『아이샤의 돌멩이』 『황금 가면 마술사의 비밀』 『별점 반장 나우주』 등에 그림을 그렸습니다.

아무거나 문방구 2 어쭈 도사의 비밀

2025년 2월 25일 초판 1쇄 발행

지은이 정은정 • 그린이 유시연
펴낸이 염종선 • 책임편집 정은경 • 디자인 권희원 • 조판 박아경 • 펴낸곳 (주)창비
등록 1986. 8. 5. 제85호 • 제조국 대한민국 • 주소 10881 경기도 파주시 회동길 184
전화 031-955-3333 • 팩스 031-955-3399(영업) 031-955-3400(편집)
홈페이지 www.changbi.com • 전자우편 enfant@changbi.com

ⓒ 정은정, 유시연 2025
ISBN 978-89-364-4889-9 73810

아무거사 문방구

2 어쭈 도사의 비밀

정은정 동화
유시연 그림

창비

차 례

앞이야기

아주아주 깊은 밤, 도깨비도 까무룩 잠든 밤.
길쭉한 종이 쪼가리 하나가 아무거나 문방구 창문
을 탁탁 쳤어. 종이는 창문이 열리지 않자 창틈으로 스르
르 들어갔어. 문방구 안을 팔랑팔랑 날아다니다 문방구
안쪽, 도깨비 아무거나와 고양이 귀신 어서옵쇼가 자는
방까지 들어갔지. 종이가 움직일 때마다 바스락바스락 소
리가 났어.

"어디 있나……. 앗, 찾았다! 아무거나!"

종이 쪼가리는 드르렁 푸우, 코를 골며 자고 있는 아무거나한테 바짝 다가가 코끝을 살살 간지럽혔어. 아무거나가 콧구멍을 벌렁거리자 아주 작은 소리로 말했지.

"메밀묵, 메밀묵, 맛있는 메밀묵! 어때, 먹고 싶지?"

아무거나는 그 소리에 코골이를 뚝 멈추더니 눈을 번쩍 떴어. 입맛을 쩝쩝 다시고는 뭔가에 홀린 듯 벌떡 일어났지. 종이 쪼가리는 다시 한번 노래 부르듯 말했어.

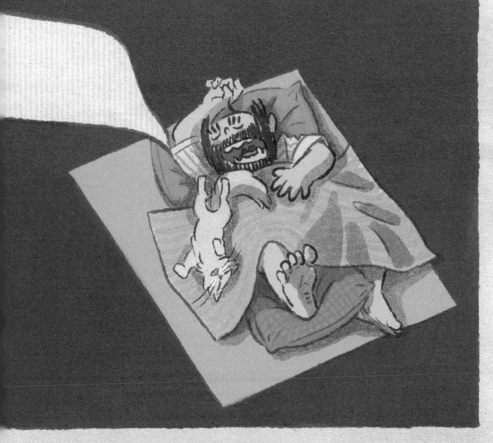

"그렇지! 맛있는 메밀묵 먹으러…… . 자, 자, 따라와!"

종이 쪼가리가 또 아무거나의 코를 탁탁 치자 아무거나는 콧구멍을 벌름거렸어. 아무거나가 이야기 다음으로 좋아하는 게 바로 메밀묵이거든. '메밀묵'이란 소리만 들어도 이렇게 자다 깰 정도야.

아무거나는 팔랑이는 종이 쪼가리를 따라나섰어. 어서옵쇼는 세상모르고 쿨쿨 자고 있었지.

아무거나는 종이를 따라 꼬불탕꼬불탕 꼬부라진 골목을 지나 험한 산길로 들어섰어. 숨이 헉헉 차올랐지. 그러다 문득 정신을 차리고는 주변을 살폈어.

"어라? 여기가 어디지?"

그때였어. 종이 쪼가리가 근처에 있는 나무 위로 휙 올라가는 거야. 아무거나는 종이를 잡으려고 손을 휘적거렸어. 그런 아무거나를 놀리듯 종이는 나무 꼭대기까지 순식간에 올라가서 딱 붙었어. 그러자 세상에! 나뭇가지마

다 메밀묵이 주렁주렁 열리는 게 아니겠어?

　"우아!"

　아무거나의 눈이 휘둥그레졌어. 메밀묵은 밝은 달빛을

받아 윤기가 자르르 흘렀지. 탱글탱글하니

아주 먹음직스러웠어.

　"이게 웬 메밀묵이야!"

아무거나는 나무에 달린 메밀묵을 허겁지겁 따 먹었어. 입안 가득 고소하고 감칠맛이 나는 게, 옛날 팥죽할멈이 해 주던 딱 그 맛이야.

"맛있다, 맛있어!"

아무거나는 정신없이 메밀묵을 따 먹었어. 그런데 따는 족족 그 자리에 새 메밀묵이 열리지 뭐야? 먹고 또 먹고, 실컷 먹었어. 어느새 배가 빵빵해졌지.

"끄어어억! 더는 못 먹겠다."

아무거나는 기분 좋게 늘어져 앉아 입을 쓱 닦았어. 그러고는 진득진득해진 손을 툭 터는데, 손끝에서 아까 그 종이 쪼가리가 깐족대는 투로 말하는 거야.

"맛있지? 자, 어서 나한테 손 닦아. 꾹꾹 눌러서."

아무거나는 그 말에 홀린 듯 종이를 탁 잡고 손을 닦았어. 그러다 아차! 하는 얼굴로 입을 쩍 벌렸지.

"자, 잠깐! 이 목소리는? 아니, 내가 뭘 하고 있는 거지?"

아무거나가 머리를 흔들며 뭔가가 생각난 듯 소리쳤어.

"설마, 어쭈? 너, 어쭈 도사구나!"

그 말이 끝나자마자 펑! 소리와 함께 메밀묵이 열렸던 나무가 순식간에 도사의 모습으로 변했어. 아무거나 말대로 진짜 어쭈 도사였지. 도사의 손에 종이 쪼가리가 들려 있었어.

"아무거나 이 녀석, 용케 알아봤구나. 이번에는 내 도술에 잘도 속았군! 왜, 또 내기라도 걸어 보시지? 흥!"

사실 어쭈 도사와 아무거나 도깨비는 오래전부터 만나기만 하면 서로 으르렁대는 사이야.

어쭈 도사는 장난이 심하고 말썽을 부리기로 소문이 자

자했어. 사람이고 동물이고 귀신이고, 어쭈 도사를 만났다 하면 그 장난에 질려 기겁하며 도망갔지. 하지만 아무거나 도깨비만은 달랐어. 도사가 도술을 부리기 전에 재빨리 먼저 이야기 내기를 걸었거든.

"어쭈, 또 장난을 쳐? 자, 나랑 재밌는 이야기 한판!"

도사는 분해하면서도 몇 번이나 아무거나에게 당했어. 소문은 바람처럼 빠르게 퍼져, 어느새 도사는 도깨비한테 혼나는 '어쭈 도사'로 불렸지.

"아무거나 도깨비가 어쭈 도사를 또 혼쭐냈다던데."

"어쭈, 정말이야?"

"어쭈, 그것 참 고소하네!"

어쭈 도사는 억울하고 화가 났어. 어쭈 도사로 불리는 것도 마음에 안 들었거든. 그래서 호시탐탐 아무거나한테 도술을 걸 기회만 노렸지.

그러던 어느 날, 어쭈 도사는 단단히 마음먹었어. 기필코 먼저 도술을 걸어서 아무거나를 골탕 먹이겠다고 말이

야. 그런데 웬걸, 그날도 도깨비가 이야기 내기를 거는

속도가 도사보다 빨랐지 뭐야.

"어때? 나랑 재밌는 이야기 한판!"

"쳇! 무슨 이야기?"

"아무거나! 이야기라면 아무거나 다 돼!"

아무거나의 말이 끝나자마자 어쭈 도사는 자기도 모

르게 이야기를 술술 풀어냈어. 그동안 몰래 엿들은 산신령들의 비밀 이야기를 죄다 했지. 사실 혼자만 알고 있으려니 입이 근질근질했거든.

　모든 걸 다 털어놓으니 속이 뻥 뚫렸어. 씨익 웃음까지 났지. 그런데 아차차! 하필 그곳이 산속 대나무 숲이었던 거야. 대나무들은 바람이 불 때마다 수군수군, 도사가 한 말을 퍼트렸대.

　"어떤 산신령이 깜빡 조는 사이 불이 나서 그 산이 대머리 산이 됐대."

　"쉿! 산 중턱에 젊어지는 달달 샘물이 있거든.

그 산신령의 초특급 동안 비결은 바로……."

"이건 비밀인데, 그 산신령 말이야……."

소문은 널리널리 퍼져 결국 산신령들의 귀에 들
어갔어. 그날부터 어쭈 도사는 화가 나서 펄쩍펄
쩍 뛰는 산신령들을 피해 매일 달아나기 바빴지.
하루는 숲속으로 도망가던 중 나뭇가지에 수염이
휘리릭 감겼어. 어쭈 도사는 산신령에게 잡힐까
봐 급히 수염을 빼냈지. 그런데 아이코, 그만 몽땅
다 뽑혀 버렸지 뭐야? 딱 두 가닥만 남기고 말이
야. 그 후로 어쭈 도사의 수염은 더 나지도, 자라
지도 않는대.

"아무거나! 다 너 때문이야!"

어쭈 도사는 화가 나서 부르르 떨었어.
풍성한 수염이 자랑거리였거든. 그날
부터 서로 만나기만 하면 어쭈 도사는

아무거나에게 도술을 걸기 위해, 아무거나는

어쭈 도사에게 이야기 내기를 걸기

위해 아웅다웅하게 된 거야.

뒤늦게 정신을 차린 아무거나가 말했어.

"어쭈 너, 대체 무슨 속셈이야?"

어쭈 도사는 아무거나를 보고 이죽이죽 웃었어.

"음하하, 이거 보여? 네 손도장이 찍혔다, 이 말씀!"

어쭈 도사는 손에 쥐고 있던 종이 쪼가리를 팔랑팔랑 흔들어 보였어. 아무거나는 종이에 쓰인 내용을 천천히 읽어 내려갔어.

"어쭈 도사는 당분간 긴 여행을 할 예정이다……?"

아무거나 도깨비가 주변을 휙 둘러보았어. 그곳은 다름 아닌 어쭈 도사 집 앞이었어. 어쭈 도사가 씨익 웃으며 말했어.

"알겠지? 난 실컷 놀다 올 테니 넌 내 집이나 잘 지키고 있어. 아이고, 신난다. 오랜만의 휴가라니! 바다 건너 먼 곳, 풍경 좋은 곳으로!"

"어쭈, 감히 날 속여?"

"하하, 이번에는 내가 더 빨랐다는 말씀! 크크, 속 시원하구먼!"

계약서

어쭈 도사는 당분간 긴 여행을 할 예정이다.
그동안 아무거나 도깨비는 도사의 집을 관리하며
아래 사항들을 지킨다.

첫째, 청소를 날마다 열심히 할 것.
둘째, 집 안 물건이 없어지지 않도록 할 것.
셋째, 누구라도 집 안에 들어오지 못하게 할 것.
넷째, 집에 문제가 생겼을 시, 모든 책임을 질 것.

어쭈 도사 (인)
아무거나 (인)

어쭈 도사는 혀를 날름 내밀고는 짝짝, 손뼉
을 두 번 쳤어. 그러자 커다란 집이 종이 안에
담겨 둘둘 말리는 거야. 어쭈 도사는 옷소매 안
에서 작은 나무 상자를 꺼냈어.

"내가 가장 아끼는 '얼씨구나그림족자'가 든
상자야. 상자 안에 족자랑 집을 같이 넣어 둘 테
니 잘 보관해!"

어쭈 도사는 둘둘 말린 집을 넣고 상자를 탁 닫았어. 그리고 아무거나에게 상자를 던졌어.

"내가 찾으러 올 때까지 넌 우리 집 집사야. 집 잘 지키고 있어라. 그림 족자도. 알았지?"

아무거나는 약이 오르고 화가 나서 소리쳤어.

"어쭈? 누구 맘대로?"

어쭈 도사는 더 약 올리듯 계약서를 쫙 펴서 나무 상자 뚜껑에 착 붙였어.

"자, 계약서. 네 손도장이 찍혔으니까 잘 보셔!"

어쭈 도사는 깔깔대며 지나가던 구름을 휙 잡아 탔어. 그러고는 큰 소리로 말했어.

"명심해라! 그림 족자랑 집 안의 물건 하나라도 없어지면 가만히 안 있을 테니. 물론 먼지 한 톨 없이 반질반질 깨끗하게 청소하는 것도 잊지 말 것! 알았지?"

어쭈 도사는 그 말을 남기고는 금세 하늘 위로 사라졌
어. 아무거나는 멍하니 하늘을 보며 한숨을 내쉬었지.

"어쭈? 어쭈, 너……!"

1. 어쩌다 빨간부채 파란부채 세트

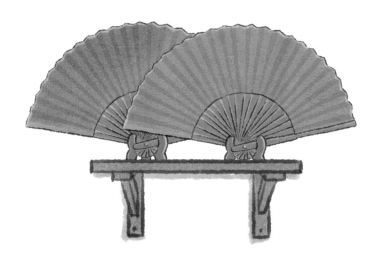

"히힛!"

지희의 입꼬리가 절로 올라갔어. 예전에 아무거나 문
방구에 갔을 때 주인아저씨에게 '어쩌다 빨간부채 파
란부채 세트'를 가져가도 되냐고 슬쩍 물어봤거든. 아
저씨가 허락하자마자 얼른 주머니에 쑤셔 넣었지. 지희

손이 어찌나 빠른지, 오빠인 지우는 전혀 눈치 채지 못했어.

지희가 조용히 웃고 있는데 엄마가 방문을 벌컥 열고 들어왔어.

"지희야, 엄마 바쁘다고 했지! 어서 학교 갈 준비해. 오늘도 늦었다. 밥 먹을 시간도 없네."

엄마는 떡을 반으로 잘라서 하나는 급하게 삼키고 남은 하나는 지희 입안에 쏙 넣어 주었어.

"퇴근하고 맛있는 저녁 먹자. 지우야, 너도 얼른 준비해!"

엄마는 종종거리며 오빠 방으로 갔어. 지희는 이때다 하고 부채 세트를 책가방 깊숙이 넣었어.

"이따 보자!"

엄마는 한 손으로 머리를 빗고 다른 손으로는 주섬주섬 옷을 입으며 남매에게 빨리 등교하라고 눈짓했어. 지우와 지희는 정신없이 집을 나섰어.

"다녀오겠습니다!"

지희는 학교 가는 내내 부채 생각에 웃음이 나왔어.

'히히, 얼른 부쳐 보고 싶다!'

그때 지우가 지희 팔을 와락 잡았어.

"오빠랑 같이 가!"

지희는 깜짝 놀라 지우 손을 뿌리치고 냅다 뛰기 시작했어.

"싫어, 나 혼자 갈 거야!"

"야, 거기 서!"

지우가 얼른 뒤따랐어.

지희는 가방에서 파란 부채를 꺼내 지우를 향해 약 올리듯 팔랑팔랑 부쳤어. 그랬더니 믿을 수 없는 일이 일어났어. 지우의 몸이 점점 작아지고 작아져서…… 옆집에 사는 네 살 꼬마만 해진 거야!

"어……? 이게 어떻게 된 거야?"

지희는 생각지도 못한 상황에 깜짝 놀랐어. 하지만 어쩔 줄 몰라 하는 지우의 모습을 보니 은근히 신이 났지.

"이게 뭐야? 지희 너, 대체 무슨 짓을 한 거야? 그 부채는 또 뭐고?"

지우는 짧은 팔을 휘저으며 소리쳤어. 짧은 다리로 아장아장 걷다가 철퍼덕 넘어졌지.

지희는 지우를 보며 킥킥댔어.

"푸하하, 맨날 나 키 작다고 놀리더니 쌤통이다. 이제 내가 오빠보다 더 크지?"

지희는 지우를 모른 척 남겨 두고 다른 골목으로 휙 들어가 버렸어.

'재밌는 부채네. 파란 부채를 부치면

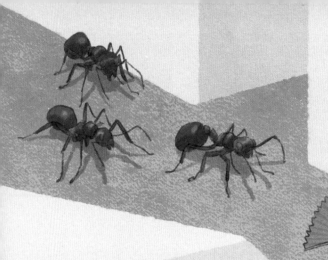

크기가 줄어드나 봐. 빨간 부

채도 부쳐 볼까?'

마침 지희 발밑으로 개미들이 기어가고

있었어. 지희는 개미들을 향해 빨간 부채를 살

살 부쳤어. 그러자 개미들 몸통이 쑥쑥 커지는

거야!

강아지만 해진 개미들이 눈알을 되록되록 굴

리며 지희를 쳐다봤어. 개미 눈을 이렇게 가까

이에서 본 건 처음이었지. 그중 한 마리가 입에

물고 있던 파리를 툭 떨어뜨리고는 지희에게

성큼성큼 다가왔어. 지희가 더 맛있어 보인다는 듯 말이야.

"으악! 사, 사람 살려!"

지희는 골목 안쪽으로 힘껏 뛰었어.

얼마나 뛰었을까. 가슴이 터질 것 같아 잠시 멈춰 서 가쁜 숨을 몰아쉬는데, 누군가가 다가와 말을 걸었어.

"급하게 오신 걸 보니 필요한 게 있는 모양이군요. 이아옹!"

지희는 고개를 들었어. 아무거나 문방구에서 만난 고양이 어서옵쇼가 지희를 쳐다보고 있었지.

지희는 개미 때문에 무서웠던 것도 잊고 또다시 장난치고 싶어졌어. 그래서 대답하는 대신 씨익 웃고는 빨간 부채를 펄럭펄럭 부쳤지. 바람이 어서옵쇼의 꼬리에가 닿자 꼬리가 쑥쑥 길어졌어.

"안 돼! 이아아옹!"

어서옵쇼는 길어진 꼬리 때문에 그만 균형을 잃고 어

기뚱댔어.

"하지 마세요. 그만, 그만!"

지희는 멈추지 않고 깔깔대며 계속 부채질을 했어.

"히히, 진짜 신기하네!"

그때 골목 끝에서 문방구를 향해 걸어오던 도깨비 아

무거나가 그 모습을 봤어. 정말 기가 딱 막혔지.

펑! 아무거나는 순식간에 배불뚝이 아저씨로 변해 불 같이 화를 냈어. 어서옵쇼가 괴로워하는 모습에 도저히 참을 수가 없었지.

"지희, 이 녀석! 뭐 하는 거냐?"

아무거나가 소리를 지르자 땅이 흔들렸어. 깜짝 놀란 지희가 부채질을 멈추고 뒤를 돌아봤어. 글쎄, 눈빛이 퍼렇게 이글대는 배불뚝이 아저씨가 엄청난 속도로 뛰어오는 거야.

"엄마야! 사람 살려!"

지희는 무서워서 꽁지가 빠지도록 도망갔어.

아무거나는 휘청이는 어서옵쇼를 얼른 들어 안았어.

"어서옵쇼! 괜찮은 거냐?"

"이아아옹! 안 괜찮다고! 대체 이른 아침부터 어디 갔다 오는 거야!"

어서옵쇼는 길어진 꼬리를 잡고 울부짖었어. 아무거나는 두툼한 손으로 어서옵쇼의 어깨를 다독이며 말을 돌렸어.

"뚝! 걱정 마. 지희는 돌아오게 돼 있으니."

어서옵쇼는 울음을 멈출 수가 없었어. 적당히 곧고 멋스러운 꼬리를 아꼈거든. 우스꽝스러운 꼬리를 보니 영영 예전 모습으로 돌아갈 수 없을 것 같았지.

한참을 도망가던 지희는 어느 골목 귀퉁이에서 멈춰

주위를 살폈어. 아무도 없는 걸 확인하곤 혀를 삐죽 내밀었지.

'못 잡았지? 헤헤, 이렇게 끝내긴 아쉬운데, 더 재밌게 놀아 볼까?'

지희는 길모퉁이에 숨어 있다가 사람이든 동물이든 눈에 띄는 대로 부채를 부쳤어. 파란 부채를 솔솔 부치자 키 큰 은행나무가 쑥쑥 줄어들어 이쑤시개만큼 가늘어졌어. 빨간 부채를 휙휙 부치자 길가의 풀이 쭉쭉 자라나 정글의 식물처럼 마구 엉켰어. 파란 부채 때문에 아기처럼 작아진 아저씨는 길에 주저앉아 앵앵 소리쳤어. 빨간 부채 때문에 거인처럼 커진 아기들은 쿵쾅대며 기어다녔어. 놀란 아기 엄마들이 엉엉 울며 우왕좌왕 뒤따라갔어.

지희는 그 모습을 보며 킥킥댔어.

"꼭 만화영화 같잖아!"

한참을 신나게 놀았더니 배가 고팠어. 마침 근처 마

트에서 달콤한 냄새가 솔솔 풍겼어. 냄새를 따
라 뛰어가니 마트 안에 있는 빵집에 갓 구워진
빵들이 진열되어 있었지.

'우아, 진짜 맛있겠다!'

지희는 입안 가득 군침이 고였어.

'빵을 실컷 먹고 싶은데 돈은 없고, 어떡하지?'

그때 번뜩 좋은 생각이 났어.

지희는 제 몸을 향해 파란 부채를 솔솔 부쳤어. 그러자 지희가 아끼는 인형만큼 작아졌지.

"야호!"

지희는 빵 진열대로 뛰어 올라갔어. 사람들 눈을 피해 빵을 우걱우걱 뜯어 먹었지. 아무리 많이 먹어도 빵이 줄어들지 않았어.

"아, 배불러. 목 마른데 음료수나 마실까?"

이번에는 빵 진열대 옆에 있는 탄산음료 기계로 폴짝 올라갔어. 오렌지맛 주스 버튼을 몸으로 밀자 음료수가 폭포처럼 콸콸 쏟아졌지. 지희는 고개를 들어 입을 벌리고 머리 위로 쏟아지는 음료수를 꿀꺽꿀꺽 마셨어.

꺼억 트림까지 하고 고개를 돌리자 장난감 진열대가 눈에 띄었어.

"히히, 좋았어!"

지희는 인형 코너로 갔어. 예쁜 인형과 다양한 인형 옷, 신발 들이 죽 놓여 있었지. 3층짜리 인형의 집 안에

는 작은 화장대, 옷장, 냉장고, 침대, 욕조까지 없는 게
없었어.

"옷 다 젖었는데 잘됐다! 드레스 한번 입어 볼까?"

지희는 인형의 집으로 들어가 예쁜 드레스로 갈아입
었어. 세상에, 몸에 꼭 맞지 뭐야!

"우아, 신난다!"

한 번도 신어 본 적 없는 뾰족구두도 신어 보았어. 인
형의 집을 구석구석 구경하며 침대에도 누워 보고, 화
장대에도 앉아 보았어. 진짜 공주가 된 것 같아 기분이
좋아졌지.

그때 갑자기 익숙한 목소리가 인형의 집 안에 찌렁찌
렁 울렸어.

"지희, 너! 여기서 뭐 해? 이제 어떡할 거야!"

깜짝 놀라 위를 올려다보니 지우였어. 짤따란 다리로
얼마나 뛰어다녔는지, 온통 땀범벅이 되어 지희를 노려
보고 있었지.

"어서 전부 다 되돌려 놔!"

지우가 인형의 집 안으로 손을 집어넣었어. 작은 손으로 지희를 붙잡은 순간, 지희가 지우 손을 꽉 깨물어 버렸어.

"아얏! 뭐 하는 거야!"

지우는 놀라서 소리쳤어.

"싫어! 난 지금 재밌다고! 오빠는 나랑 놀아 주지도 않으면서, 쳇!"

지희는 인형의 집에서 훌쩍 뛰어내렸어. 선반 한구석에 숨어 가방에서 파란 부채를 꺼냈지.

'더 작아지면 찾기 힘들겠지?'

지희는 다시 한번 자기 몸에 파란 부채를 살살 부쳤어. 그런데 말이야, 부채를 너무 많이 부친 나머지 그만 파리만 해졌지 뭐야? 엎친 데 덮친 격으로 부채까지 작아져서 잘 보이지도 않았어.

그제야 지희는 뭔가 크게 잘못되었다는 걸 알아차렸어.

"어…… 어떡하지?"

지희가 어쩔 줄 몰라 울먹이고 있는데, 눈 밝은 지우가 다행히 지희를 찾아냈어.

"지희야! 이제 그만해!"

지희는 잔뜩 겁먹은 얼굴로 말했어.

"오빠, 나 무서워……."

그런데 그 순간, 길고 축축한 무언가가 지희를 휙 낚아챘어.

"으악, 으아악!"

지희는 비명과 함께 감쪽같이 사라졌어. 깜짝 놀란 지우와 눈이 마주친 건 축구공만 한 개구리였어. 아까 지희가 빨간 부채를 마구 부쳤을 때 몸이 커진 거였지. 개구리는 혀에 쩍 붙은 지희를 돌돌 말아 꿀꺽 삼키고는 눈만 끔뻑끔뻑했어.

지우는 손이 덜덜 떨렸어.

"흑흑, 지희야, 지희야!"

지우는 개구리부터 덥석 붙잡았어. 눈물이 그렁그렁해 발만 동동 굴렀지.

'어떡하지? 저 부채, 왠지 아무거나 문방구에서 갖고 온 것 같은데……. 그래, 문방구 아저씨라면 도와줄지

도 몰라.'

지우는 배불뚝이 주인아저씨의 다정한 미소가 떠올랐어. 지우 이야기에 귀 기울이며 따뜻하게 말해 줬지.

'일단 아무거나 문방구로 가 보자!'

지우는 한 번도 쉬지 않고 달렸어. 그리고 아무거나 문방구에 겨우 도착해 문을 열자마자 풀썩 쓰러졌어. 그 틈에 지우가 안고 있던 개구리가 폴짝 튀어올랐어.

"개굴개굴!"

"이아아아옹!"

깜짝 놀란 어서옵쇼가 긴 꼬리로 개구리를 휙 감아올렸어. 지우는 참았던 울음을 터뜨렸어.

"엉엉……. 이 개구리가 지희를 삼켰어요. 지희를 영영 못 보면 어떡하죠? 귀찮다고 잘 안 놀아 주고 짜증도 많이 냈는데……. 지희한테 너무 미안해요."

오랜만에 만난 주인아저씨가 헛기침을 하며 못마땅한 얼굴로 다가왔어. 아저씨는 어서옵쇼 꼬리에 감겨

있는 개구리를 두 손으로 들었어. 그러더니 대뜸 이렇게 말하는 거야.

"지희 너, 잘 듣고 있지? 생각보다 빨리 왔구나. 이제 다 놀았나 보지? 자, 어때? 나랑 재밌는 이야기 한판!"

아저씨는 개구리 배에 귀를 바짝 갖다 대며 속삭였어.

"알지? 이야기라면 아무거나 다 돼. 이미 할 이야기가 잔뜩 있을 것 같은데?"

잠시 뒤 개구리 배가 울룩불룩해지더니 배 속에서 작은 소리가 윙윙 울렸어. 지희는 기다렸다는 듯 말을 마구 마구 쏟아내기 시작했지. 모두 그 소리를 들으려고 개구리 배에 귀를 착 붙였어.

"심심해서 그랬어요. 아무도 나랑 안 놀아 주잖아요! 엄마 아빠는 맨날 바쁘고, 오빠는 나를 귀찮아하고, 친구들은 학원 가고, 선생님은 하지 말라는 것투성이고. 다들 장난치고 떼쓸 때만 날 돌아보고 관심을 가져 줘요. 그래서 자꾸 장난친 거예요. 하지만 장난이 이렇게 위험한 결과를 가져올 줄은 몰랐어요. 나 때문에 변한 사람들, 동물들도 나처럼 무서울 텐데……. 미안해요……."

지희의 이야기가 끝나자마자 아저씨의 얼굴이 한결 부드러워졌어. 아저씨가 고개를 끄덕이며 말했어.

"스스로 잘못을 뉘우치고 반성하는 것만큼 중요한 건 없지. 자, 네가 이겼다. 여기, 이야깃값! 이 '쫙쫙쾌변약'을 개구리한테 먹이면 다 해결될 거다."

아저씨는 지우에게 까만 알약 하나를 건넸어. 쪼그려 앉아 울던 지우가 벌떡 일어나 알약을 개구리 눈앞에서 흔들었지. 개구리는 눈알을 대굴대굴 굴리더니 긴 혀로 알약을 날름 낚아채 삼켰어.

뿌아앙, 뿌아아앙!

알약을 삼킨 개구리는 냄새가 엄청나게 지독한 방귀를 연달아 뀌었어. 방귀 가스가 구름처럼 뭉실뭉실 떠올라 문방구 밖으로 흘러갔어. 방귀 구름은 둥둥 떠다니며 지희의 부채질 때문에 변한 사람과 식물, 동물 들에게 가 닿았지. 그러자 모든 것이 원래 모습으로 되돌아갔어. 지우도, 어서옵쇼의 꼬리도 말이야.

개구리는 숨을 한번 더 크게 들이마시고는 끙 힘을
주었어.

뿌지직, 뿌지지직!

배가 점점 홀쭉해지면서 개구리도 원래 크기로 돌아
왔어. 방귀 구름이 서서히 걷히고 개구리 똥 무더기 속
에 웅크리고 앉은 지희가 보였지.

"지희야!"

지우는 얼른 달려가 지희를 꼭 안아 주었어.

"오빠……! 나 살아 있는 거지?"

지희도 기뻐하며 오빠를 껴안았어.

그 옆에서 아직 화가 안 풀린 어서옵쇼가 얼굴을 찡
그리며 말했어.

"이아아옹! 지독한 냄새!"

배불뚝이 아저씨는 후후 웃으며 지우와 지희에게 말
했어.

"자, 아직 시간이 있으니 얼른 씻고 학교 가야지? 아,

부채 세트는 두고!"

지우와 지희는 어리둥절해하며 문방구에 있는 시계를 봤어. 그리고 깜짝 놀랐지. 엄청나게 많은 일이 일어났는데, 겨우 20분만 흐른 거야. 과연 신통방통한 문방구였어.

지희는 지우의 손을 꼭 잡고 말했어.

"오빠, 그동안 떼쓰고 투정 부리고 장난친 거 미안해."

지우도 지희 손을 잡아 줬지.

"나도 미안해. 심심할 때는 얘기해 줘. 나랑 놀자. 이제 빨리 집에 가서 씻자!"

지희는 환하게 웃었어. 어서옵쇼에게 사과하는 것도 잊지 않았지.

"정말 미안해요. 다시는 위험한 장난 안 칠게요."

꾸벅 인사하고 집으로 돌아가는 지우와 지희는 참으로 다정해 보였어.

어서옵쇼는 지우와 지희를 보며 말했어.

"지우는 개구리 똥이 더럽지 않은가 보네. 지희 손을 꼭 잡고 가는 걸 보니."

아무거나가 껄껄 웃으며 대답했지.

"형제란 그런 건가 봐. 마음속으로 늘 서로를 아끼는 사이. 우리처럼?"

어서옵쇼는 멋스러운 꼬리를 휙 올리며 몰래 웃었어.

2. 알쏭달쏭요술붓

"난 그 태블릿 피시 세 대나 있어."

승우는 자기도 모르게 말을 툭 뱉었어. 다른 아이들이 주아의 최신형 태블릿 피시를 구경하는 걸 보고 있으니 괜히 심술이 났거든. 주아가 선생님 몰래 가져온 거였어.

"진짜? 최고!"

"세 대나 있다고?"

반 아이들이 승우 주위에 우르르 몰려들었어. 승우는 움찔하다 또 한마디 덧붙였어.

"엄마가 새로운 버전 나올 때마다 다 사 주거든. 나 요즘 태블릿으로 그림 그려."

동하가 승우 어깨에 팔을 올리며 말했어.

"우아! 내일 갖고 오면 안 돼? 구경 좀 하자. 우리 엄마는 절대 안 사 줘."

다른 아이들도 거들었지.

"우리 엄마 아빠도!"

"승우야, 내일 진짜 갖고 올 거야?"

승우는 가슴이 철렁했어. 사실 다 거짓말이거든. 주아가 맨날 새로 산 물건을 학교에 가지고 와서 자랑하는 게 얄밉잖아.

얼떨결에 거짓말을 하고 나니 마음이 갑갑해졌어.

"그, 그래. 알았어."

승우는 침을 꼴깍 삼켰어.

'어떡해. 괜히 거짓말해서는!'

승우는 수업 시간 내내 멍하게 앉아 있었어. 수업이 끝나고 서둘러 학원 셔틀버스를 타러 가면서도 온통 태블릿 피시 생각뿐이었지. 번뜩 간밤의 일이 떠올랐어. 엄마한테도 거짓말을 했거든. 컴퓨터 게임에 빨리 접속해야 하는데 엄마가 자꾸 수학 학원 숙제 다 했냐고 묻는 거야. 친구들이랑 게임하기로 한 시간이 거의 다 되

었는데 말이야. 승우는 얼른 게임하고 싶어서 다 끝냈다고 거짓말했지.

'어떡하지? 숙제 하나도 안 했는데.'

학원 선생님이 알면 엄마한테 전화할 게 뻔해. 승우는 버스 기사 아저씨에게 말했어.

"기사님, 잠깐만요! 배가 너무 아파요. 여기서 내려 주세요!"

아저씨가 승우를 흘낏 보며 물었어.

"많이 아프니? 엄마한테 전화해 줄까?"

승우는 황급히 손사래를 쳤어.

"아, 아니요. 잠시 내려서 화장실 갔다 걸어갈게요."

승우가 배를 움켜쥐며 인상을 쓰자 아저씨는 길가에 차를 세웠어. 승우는 재빨리 내렸지. 손을 배에 대고, 허리는 꾸부정한 채로 말이야. 학원 버스가 점처럼 작아지는 걸 확인한 뒤에야 승우는 허리를 쭉 폈어.

'하아, 이제 어떡하지?'

승우는 무작정 걷기 시작했어. 그때 승우 눈앞에 희고 작은 무언가가 휙 지나갔어.

"저게 뭐지……? 나비?"

승우는 자기도 모르게 어느 골목으로 따라 들어갔어. 골목 끝에 처음 보는 가게가 있었지. 바로 아무거나 문방구였어.

'문방구 이름 재밌네. 시간 때울 겸 한번 가 볼까?'

승우는 문방구 문을 열자마자 숨을 헐떡대는 흰 고양이를 보고 깜짝 놀랐어.

"아이고, 숨차다. 어? 아까 골목에서 마주친 분이군요. 제가 보이는 걸 보니 필요한 게 있나 봅니다. 이아아옹!"

"허어어억!"

승우는 너무 놀라 등줄기에 식은땀이 났어. 두 발로 서서 말하는 고양이라니, 꿈을 꾸는 것 같았어.

"저를…… 아세요?"

어서옵쇼는 머뭇거리는 승우 앞에서 꼬리를 휙 들어 올리며 문방구 안쪽을 가리켰어.

"인사는 차차 하고요. 저기 '구구절절 옛이야기 물건' 코너에 가 보세요. 필요한 물건이 있을 테니."

승우는 쭈뼛거리며 어서옵쇼의 꼬리가 가리키는 곳으로 갔어. 온갖 희귀한 물건이 가득했지. 금세 눈이 휘둥그레져 이것저것 구경하다 단번에 눈에 띄는 물건을 발견했어. 털이 풍성하고 말끔한 데다 윤기까지 흐르는 붓이었어.

"우아!"

원래 승우는 붓에 관심이 많았어. 화가가 되는 게 꿈이거든. 다양한 붓을 써 봤지만 이렇게 멋진 붓은 처음 봤어.

'이 붓 갖고 싶다, 꼭!'

하지만 이번 달은 이미 용돈을 다 써서 돈이 하나도 없었어. 붓을 꼭 쥔 채 어떻게 할까 고민하며 서성거렸지. 그러다 바닥에 놓여 있던 상자에 발이 걸려 앞으로

풀썩 고꾸라지고 말았어.

"아앗! 이게 뭐야?"

"어이쿠! 그러는 넌 뭐냐?"

세상에, 상자 안에서 웬 배불뚝이 아저씨가 기어 나
오는 거야! 말하는 고양이에 이어 작은 상자 안에서 나
오는 덩치 큰 아저씨까지, 승우는 놀라서 기절할 지경
이었어. 얼떨떨한 표정으로 아저씨를 봤지.

"어휴, 괘씸한 어쭈 녀석! 어쩌다 그 녀석 도술에 걸

려서는!"

아저씨는 끙끙대며 상자에 꽉 긴 배를 겨우 밖으로 빼냈어.

"누, 누구세요? 거기서 왜, 어떻게…… 나오세요……?"

승우는 말까지 더듬었어. 아저씨는 아무렇지 않은 듯 옷을 탁탁 털며 대답했어.

"아, 난 이 문방구 주인이야. 상자 안에 볼일이 좀 있어서. 그나저나 너, '알쏭달쏭요술붓'을 골랐구나?"

승우는 놀란 것도 잊고 얼른 거짓말을 했어.

"이 붓 이름이 알쏭달쏭요술붓인가요? 실은 내일 미술 준비물이 붓인데, 지갑을 잃어버려서 돈이 없거든요. 혹시 오늘은 그냥 가져가고 내일 돈 내러 와도 될까요?"

아저씨는 피곤한 얼굴로 배를 쓱쓱 문지르며 말했어.

"그러렴. 그 붓에는 아주 신비한 힘이 있지. 뭐든 그리는 대로 진짜가 되거든. 물감 없이도 어디서든, 어디에든 그림을 그릴 수 있어."

승우는 풋 하고 웃을 뻔했어. 어른이 어린이한테 말도 안 되는 거짓말을 술술 늘어놓는 게 우습잖아. 겨우 웃음을 꾹 참고 대답했지.

"네, 감사합니다. 내일 돈 내러 올게요."

승우는 붓을 가방에 넣고 문방구를 나왔어. 얼른 휴대 전화로 시간을 확인했지.

'학원 끝나려면 아직 한 시간이나 남았네.'

승우는 엄마랑 수학 학원 선생님한테 뭐라고 둘러대면 좋을지 이리저리 머리를 굴렸어. 뾰족한 수가 떠오르지 않았지.

'아, 모르겠다.'

승우는 근처에 있는 계단에 털썩 주저앉았어.

"심심한데 그림이나 그려 볼까? 믿거나 말거나, 물감이 없어도 된다고 했으니까."

승우는 알쏭달쏭요술붓으로 평소 가장 자신 있는 자동차 그림을 바닥에 쓱쓱 그렸어.

그런데 이게 무슨 일이야? 정말 문방구 아저씨 말이 맞았어. 물감 없이도 그림이 아주 잘 그려지는 거야. 승우가 머릿속에 떠올린 모양과 색이 그대로 표현되었어.

"이게 뭐…… 뭐야?"

곧 더 놀라운 일이 벌어졌어. 그림을 다 완성한 순간, 자동차 그림이 진짜 자동차로 변하는 거야. 승우 입이 쩌억 벌어졌어.

'말도 안 돼! 진, 진짜라고?'

승우는 얼떨떨해하면서도 냉
큼 자동차에 타서 이곳저곳을 만져 봤어. 좌
석의 매끈하고 단단한 감촉이 기분 좋았지.

'그럼, 이번에는……..'

승우가 운전석에 운전기사를 그렸어. 그러자 그림이
진짜 기사 아저씨로 변했지.

아저씨가 승우에게 말했어.

"어디로 갈까요?"

승우는 날아갈 듯 신났어. 앞으로 뭐든 원하는 게 다
이루어질 것 같았어.

"우아, 신기해! 일단 왕수학학원으로 가 주세요."

"네, 알겠습니다."

자동차가 부드럽게 출발했어.

승우는 웃음이 났어. 무거웠던 마음이 홀가분해졌지.

"좋았어, 학원 숙제부터 해결해 보자!"

승우는 자동차 의자에 공책을 그리고 겉표지에 '완성
본'이라고 썼어. 잠시 뒤, 완벽하게 정리된 숙제 공책이

나타났어. 풀이 과정을 쓴 글씨체가 승우 글씨체와 똑같았지.

"이야! 이번에는…… 태블릿!"

승우는 태블릿 피시를 세 대 그렸어. 태블릿 그림이 스르르, 진짜 태블릿으로 변했지.

"아싸!"

어느새 학원 앞에 차를 세운 아저씨가 말했어.

"도련님, 여기서 기다리고 있겠습니다."

승우는 드라마 대사 같은 아저씨의 말투가 낯간지러워 웃음이 났어. 하지만 진짜 도련님처럼 고개를 도도하게 끄덕이며 차에서 내렸지. 그리고 당당하게 수학 학원에 들어가서 선생님에게 말했어.

"선생님, 배가 아파서 늦었어요. 아, 숙제는 다 했어요."

선생님은 아무 의심 없이 숙제 공책을 폈어.

"글씨도 또박또박, 풀이 과정도 꼼꼼하게 잘 적었구나. 오, 계산도 다 맞았네!"

승우는 씨익 웃었어. 오랜만에 받는 칭찬이었지.

수업이 끝나고 나오니 자동차가 승우를 기다리고 있었어. 승우는 차를 타고 느긋하게 집으로 돌아오자마자 침대에 벌러덩 누웠어. 아무 탈 없이 하루가 끝나 마음이 가벼웠어.

'정말 피곤한 하루였어. 그래도 일이 다 해결되어 다행이다. 다 붓 덕분이야!'

알쏭달쏭요술붓이 있는 이상 아무 걱정이 없었어.

다음 날 아침, 승우는 서둘러 집을 나섰어. 엄마한테는 학교에 일찍 가야 한다고 거짓말했지.

밖으로 나오니 자동차가 나타났어.

"도련님, 타세요. 어디로 갈까요?"

승우는 설레는 마음으로 차에 탔어.

"바른초등학교로 가 주세요."

차를 타고 가니 금세 교문 앞이었어. 여유롭게 차에서 내린 순간, 동하와 딱 마주쳤어.

"승우야! 뭐야? 자동차 멋지다!"

자동차를 보고 동하가 호들갑을 떨었어. 승우는 당황했지만 이내 어깨를 으쓱하며 말했어.

"우리 아빠가 회사에서 높은 사람으로 승진했거든. 회사 차도 마음대로 쓸 수 있어. 오늘은 내가 타도 된대."

"이야, 부럽다."

승우는 가방에서 태블릿 피시 세 대를 꺼내 동하에게 건넸어. 뚱그런 동하 눈이 더 커졌지.

"세 대나 있다는 거, 진짜네?"

승우는 거드름을 피우며 말했어.

"그거 다 가져. 난 또 그리면 돼."

동하가 깜짝 놀라 되물었어.

"그린다고?"

승우가 아차 하며 허둥지둥 말을 돌렸어.

"아, 우리 엄마는 내가 그림 그릴 때 필요한 건 뭐든 다 사 주거든. 이참에 신상품 사고 싶다고 하지, 뭐."

동하는 고개를 갸우뚱하면서도 잽싸게 태블릿들을
가방에 넣었어.

"무르기 없기! 히히, 늦겠다. 어서 가자!"

동하는 교실에 들어서자마자 큰 소리로 외치며 태블
릿 피시를 다 꺼냈어.

"승우가 이거 다 줬다! 엄청 최신형이야!"

"우아! 나도 구경할래!"

반 아이들이 동하 주변으로 몰려들며 소리쳤어.

"야, 왜 얘만 줘?"

"나도 갖고 싶어!"

동하와 승우 주변이 순식간에 아수라장이 됐어. 승우

가 당황해서 어쩔 줄 모르는데, 카랑카랑한 목소리가

울렸어.

"조용! 아침부터 무슨 일이야?"

선생님이 교실 문을 열고 들어왔어. 아이들은 쥐 죽은 듯 조용해져 제자리로 돌아갔어. 승우와 동하만 교실 뒤쪽에 덩그러니 서 있었지.

"동하야, 손에 든 거 뭐야? 앞으로 갖고 와 봐."

동하는 주눅 든 얼굴로 선생님에게 태블릿을 건넸어.

"동하, 학교에 태블릿 가져오지 말라고 했을 텐데."

동하와 승우는 서로 곁눈질만 할 뿐 아무 말이 없었어. 선생님은 더 화가 난 목소리로 말했어.

"말 안 하면 동하 어머님께 전화드리는 수밖에 없지."

동하는 억울한 표정으로 소리쳤어.

"제 거 아니에요. 다 승우가 준 거예요!"

승우 가슴이 철렁 내려앉았어.

"이 비싼 물건을 친구한테 다 줬다고? 정말이니?"

선생님이 날카로운 눈으로 승우를 보며 물었어.

"그, 그게⋯⋯."

승우는 당황해서 아무 생각도 안 났어.

"모, 몰라요."

"모른다고? 네가 갖고 와 놓고?"

승우 가슴이 바싹 죄어들었어. 빨리 이 상황에서 벗어나고만 싶었어.

"네, 몰라요!"

승우는 한마디만 남긴 채 냅다 도망쳐 버렸어.

"김승우! 어디 가니? 승우야!"

선생님이 불렀지만 승우는 한 번도 돌아보지 않았어. 가슴이 팡 터질 것 같았지.

급하게 숨을 몰아쉬며 교문을 빠져나오자 자동차가 기다리고 있었어. 승우는 후다닥 차에 올라타서 소리쳤어.

"문방구, 아무거나 문방구로요!"

문방구에 도착한 승우는 문을 발칵 열고 들어가 쓰러

지듯 주저앉았어.

"어떡해, 이제 어떡해……."

앞으로 어떻게 해야 할지 막막했어. 눈물이 차올라 훌쩍이고 있는데, 누군가가 승우 등을 가만히 다독였어.

"어? 아저씨……."

고개를 들어 보니 배불뚝이 주인아저씨였어. 그런데 아저씨는 슬며시 미소를 짓더니 대뜸 이렇게 말했어.

"자, 어때? 나랑 재밌는 이야기 한판!"

"네? 무슨 이야기요?"

우물쭈물하는 승우에게 아저씨가 쩌렁쩌렁한 목소리로 대답했어.

"아무거나! 이야기라면 다 돼!"

그러자 희한한 일이 일어났어. 승우 눈이 번쩍 떠지고, 걱정으로 가득했던 머리가 훌훌 가벼워지는 거야. 승우 입에서 이야기가 술술 나오기 시작했어.

"저도 주아처럼 좋은 물건을 갖고 싶고 다른 아이들한 테 자랑도 하고 싶은데, 그럴 만한 게 하나도 없어요. 친 구들이랑 게임을 하고 싶어서 나도 모르게 거짓말을 하 기 시작했어요. 처음엔 얼렁뚱땅 넘어가니 편했는데 자 꾸 거짓말이 불어나고 멈출 수가 없었어요. 감당할 수도 없고요. 마음이 무겁고 답답해요. 제가 한 거짓말을 다 돌 려놓고 싶어요."

아저씨는 이야기를 끝까지 듣더니 고개를 끄덕였어. 그러고는 지우개 하나를 내밀었지.

"자, 네가 이겼다. 여기, 이야깃값! 아무리 알쏭달쏭 요술붓이라도 '진짜'를 만들어 낼 수는 없지. 그걸 스스로 깨달았다니 다행이구나. 이건 '싹싹지우개'야. 알쏭달쏭요술붓이 만들어 낸 물건들은 싹싹지우개로 지울 수 있단다. 하지만 네 거짓말로 인해 생긴 문제들은 스스로 풀 수 있으면 좋겠구나."

승우는 고개를 끄덕였어.

"네, 엄마랑 선생님, 친구들한테 솔직하게 말하고 책임질게요. 학교로 돌아가야겠어요. 아저씨, 붓이 준비물이라고 거짓말해서 죄송해요."

승우를 가만히 지켜보던 어서옵쇼가 흐뭇하게 웃으며 말했어.

"용기 있는 친구군요. 앞으로 거짓말이 곁에 얼씬도 못 하겠는걸요? 이아아옹!"

그 말에 승우 입가에도 미소가 퍼졌어.

승우는 싹싹지우개를 꼭 쥐고 문방구를 나섰어. 먼저 멋진 자동차와 기사 아저씨를 싹싹 지웠지. 그러고 나서 학교를 향해 씩씩하게 한 발 한 발 나아갔어.

3. 단방귀젤리

'이준이다!'

주아는 가슴이 콩콩 뛰었어. 이준이는 승우와 서서 이야기를 나누는 중이었어. 이준이가 아주 멀리 있는데 도 얼굴이 화끈거리고 손에 땀도 났지. 주아는 이준이 를 지켜보았어. 들키지 않도록 조심히 말이야.

때마침 바람이 휙 불며 이준이의 앞머리가 뒤로 살짝 젖혀졌어. 주아는 자기도 모르게 이준이 얼굴을 빤히 쳐다봤어.

쿵, 쿵, 쿵, 쿵.

가슴이 제멋대로 마구 뛰었어.

'왜 이렇게 멋진 거야!'

그때 이준이가 주아를 발견하고는 큰 소리로 반갑게 인사했어.

"주아야, 어디 가?"

주아는 화들짝 놀라 고개를 돌렸어.

"어? 모, 몰라!"

겨우 얼버무리고는 빠르게 뛰었지. 원래 가려던 방향이 아니라 엉뚱한 쪽으로 말이야. 가슴은 요란하게 쿵쿵 뛰고 팔다리는 휘적휘적, 정신이 하나도 없었어.

"이주아! 주아야!"

이준이가 계속 불렀지만 주아는 못 들은 척 뛰었어.

얼굴이 시뻘게져 어디든 숨고 싶었어. 마음을 들킨 것
같아 창피했지.

'내가 너무 이상하게 행동했나? 하긴 이준이는 나한
테 관심조차 없을 텐데, 뭐…….'

주아는 한숨만 푹푹 쉬며 발길이 닿는 대로 걸었어.

그러다 번뜩 정신을 차리고 보니
낯선 골목이지 뭐야? 주변을 뚜
렷뚜렷 살피는데, 길목에서 요란
한 소리가 들렸어.

드르렁, 푸우. 드르렁, 푸우.

문방구 앞에서 어떤 아저씨가 졸고 있었어. 의자에 앉아 숨이 넘어갈 듯 코를 고는데, 쩍 벌어진 입에서 침이 질질 흘렀지.

"큭큭!"

주아는 간신히 웃음을 참고 살그머니 곁을 지나려 했어. 그런데 아이코, 그만 아저씨의 발에 걸려

우당탕 넘어지고 말았지.

"뭐야? 누구야!"

"이아아아옹!"

아저씨가 소리치며 벌떡 일어났어. 그 요란한 소리에 놀라 고양이 한 마리가 문방구 안에서 뛰쳐나왔어.

"어서옵쇼야, 괜찮다. 자, 자. 진정해."

아저씨는 털을 바싹 곤두세운 고양이를 다독였어. 그러고 나서야 주아를 발견했지.

"아이고, 얘야. 괜찮니? 많이 놀랐지?"

주아가 떨어진 가방을 주섬주섬 챙기며 고개를 푹 숙였어.

"죄송해요. 조심히 지나가려고 했는데……."

어서옵쇼가 헝클어진 털을 혀로 싹싹 고르며 말했어.

"후유, 많이 놀랐지요? 잠시 들어와 쉬고 갈래요?"

주아는 말하는 고양이를 보고 더 놀라 숨이 멎을 뻔했어. 몸을 덜덜 떠는 주아에게 아저씨가 다정하게 말했어.

"괜찮아. 세상은 이해할 수 없는 일투성이지. 자, 일단 들어가자."

주아는 홀린 듯 아무거나 문방구에 들어섰어. 놀란 것도 잠시, 신비한 물건들을 보며 눈이 휙휙 돌아갔지. 그러다 구구절절 옛이야기 물건 코너에 있는 젤리 앞에서 걸음이 멈췄어. 우습고 묘한 이름이 적혀 있었거든. 바로 '단방귀젤리'였어.

"우웩, 방귀 맛이라도 나요?"

주아의 뒤를 따라다니던 어서옵쇼가 새침한 얼굴로 대답했어.

"손님, 그 젤리 은근히 맛있답니다. 젤리를 먹으면 달콤한 냄새가 나는 방귀를 뀌게 되는데, 그 냄새에는 특별한 힘이 있어요. 방귀 뀐 사람한테는 냄새가 안 나지만, 방귀 냄새를 맡은 사람들이 모두 그 사람을 좋아하게 되지요. 한마디로 인기 최고가 된다는 말씀. 이아아

아옹!"

주아는 눈이 번쩍 뜨였어.

"인기 최고요?"

머릿속에 곧바로 이준이가 떠올랐어. 망설임 없이 그
자리에서 젤리 봉지를 뜯어 입안에 쏙 넣었지. 우적우
적 씹을 때마다 단물이 쭉쭉 나왔어.

"이아아옹! 그걸 다 먹으면……!"

어서옵쇼가 말릴 틈도 없었어.

주아는 그제야 돈도 안 내고 젤리를 먹었다는 걸 깨
달았어.

"죄송해요. 얼마예요? 지금 천 원밖에 없는데⋯⋯."

그런데 잠시 뒤, 방귀가 뽀오옹 나오는 거야. 달콤한
방귀 냄새가 어서옵쇼의 콧속으로 훅 들어갔어. 어서옵
쇼는 화내려던 것도 잊고 방긋방긋 웃었지.

"흐음, 좋은 냄새! 괜찮아요, 그냥 가셔도 됩니다. 멋진 사람은 다 공짜! 이아아아아아옹!"

주아는 영문을 몰라 고개를 갸우뚱했어.

멀리서 둘을 지켜보던 배불뚝이 주인아저씨가 다가와 주아에게 말했어. 손으로 코를 꽉 막고 말이야.

"젤리 값은 나중에 와서 치르거라."

주아가 고맙다고 대답하려는데 또다시 배 속이 요동쳤어. 또 방귀가 나올 것 같았지. 주아는 몸을 배배 꼬며 문방구를 나섰어.

"네, 감사합니다. 그럼 나중에 올게요. 읍……!"

주아는 온몸에 힘을 주고 비틀비틀 걸었어. 겨우 방귀를 참으며 골목을 빠져나오는 순간, 누군가와 쾅 부딪치고 말았어.

"아얏!"

고개를 든 주아는 깜짝 놀랐어. 눈앞에 이준이가 있는 거야.

"이주아? 또 보네! 아까는 대답도 없이 뛰어가더니, 우리 동네에서 뭐 해?"

주아는 어쩔 줄 몰랐어. 금방이라도 방귀가 나올 것 같았거든. 더는 버티기 힘들다고 생각했는데…… 결국 방귀가 힘차게 터져 나왔어.

뿌아아아아아앙! 뿌아아아아아아아앙!

주아는 부끄러워서 다시 얼굴이 빨개졌어.

'어떡해, 어떡해……..'

어디라도 숨어 들어가고 싶었어. 이준이 얼굴을 쳐다볼 수 없었지. 그런데 주변 사람들이 웅성거리는 소리가 들리는 거야.

"흐음, 좋은 냄새! 얘, 이것 좀 먹어 볼래?"

주아와 이준이 옆을 지나가던 아주머니가 비닐봉지에서 따끈한 만두를 꺼내 주아에게 내밀었어. 아주머니가 어찌나 다정하게 쳐다보는지, 주아는 기분이 좋아졌어. 얼결에 받아먹은 만두도 참 맛있었지.

"누나, 나랑 같이 놀자!"

어느 꼬마 아이는 주아에게 찰싹 붙어 주아 팔을 마구 흔들었어. 귀여운 꼬마가 살갑게 구니까 웃음이 났지.

그뿐만이 아니었어. 사람들이 주아 주변에 하나둘 몰려들어 자꾸만 주아에게 말을 걸었어. 이렇게 많은 관심을 받는 건 처음이었지. 주아는 괜스레 으쓱해졌어.

이준이도 헤벌쭉 웃으면서 주아에게 바싹 붙었어.

"아, 좋은 냄새! 주아야, 너한테 진짜 좋은 향이 나. 킁 킁!"

이준이가 가까이 다가오니까 주아는 긴장이 되어 콧 등에 땀까지 났어. 숨죽여 마른침을 삼키는 주아에게 이준이가 말했어.

"이 향 계속 맡고 싶다. 주아야, 우리 맨날 같이 다닐 까?"

주아는 둥실둥실 하늘로 떠오르는 기분이었어. 떨리 는 목소리로 이준이에게 더듬더듬 물었어.

"매일…… 같이 다니자고?"

이준이는 행복한 얼굴로 대답했어.

"응, 네 옆에 있으면 계속 이 향을 맡을 수 있겠지? 아, 이 향기를 매일 맡을 수 있다니!"

주아의 가슴이 덜컥 내려앉았어. 그토록 오랫동안 꿈

꾸던 순간이었지만, 이상하게
기분이 좋지 않은 거야. 머리
꼭지까지 화끈거렸지.

"이준아, 넌 내가 아니라 나한테
서 나는 향기가 좋은 거야……?"

이준이는 주아 마음도 모르고 코를 벌름대며 대답
했어.

"응!"

주아는 순식간에 땅으로
푹 꺼지는 기분이었어.
"이준아. 이, 이건 아니
야!"
이준이는 여전히 쿵쿵
대며 말했어.
"너, 내가 싫구나."

주아는 어찌할 바를 몰랐어.

"내가 널 왜 싫어하겠어. 그게 아니고……."

그때 주아의 배 속이 또 가스로 가득 차며 부풀어 올랐어.

"앗, 잠깐만!"

주아는 서둘러 자리를 피하려고 했어. 이준이 앞에서 또다시 엄청난 방귀를 뀔 수는 없잖아. 하지만 주아의 뜻대로 되지 않았어. 얼마 가지 못해 또 방귀가 나오고 말았지.

뿌아아아앙! 뿌아아아아앙!

이번에도 주변 사람들이 쿵쿵대며 주아 주위로 몰려들었어. 다들 꽃향기를 맡는 듯 행복한 표정이었지.

'이런 인기를 원한 건 아니야!'

이제 주아는 방귀를 뀔 때마다 사람들을 피해 다녔어. 이리저리 뛰어다니고 숨느라 힘들었지.

어느덧 해가 지고 주변이 컴컴해졌어. 종일 뛴 탓에 주아 다리는 퉁퉁 부었고, 아무것도 못 먹어서 배가 고팠어. 집에도 가지 못하고 아무거나 문방구를 찾기 위해 헤맸지만 도무지 가는 길이 기억나지 않았어.

'제발 그 문방구로 돌아가게 해 주세요.'

간절히 기도하는 주아의 눈앞에 푸른 불빛이 반짝반짝 아른거렸어.

"이게 뭐지?"

불빛은 자기를 따라오라는 듯 주아 곁을 맴돌았지.

주아는 자기도 모르게 불빛을 쫓아갔어. 불빛이 도착한 곳은 바로 아무거나 문방구 앞이었어.

"찾았다!"

주아는 얼른 문방구 문을 열었어. 배불뚝이 주인아저 씨는 왜인지 헉헉대면서 주아를 기다렸다는 듯 반겼지. 그러고는 대뜸 이렇게 말했어.

"자, 어때? 나랑 재밌는 이야기 한판!"

"네? 무슨 이야기요?"

아저씨가 씨익 웃으며 대답했어.

"아무거나! 이야기라면 아무거나 다 돼!"

그 말은 참 이상했어. 긴장이 스르르 풀리며 주아의 마음이 편해졌어. 꼭꼭 숨겨 왔던 마음속 비밀을 털어 놓고 싶어졌지. 그동안에는 들킬까 봐 늘 마음을 졸여 왔는데 말이야.

주아는 발그레한 얼굴로 천천히 입을 열었어. 자기도 모르게 속엣말이 술술 나오기 시작했지.

"이준이를 오랫동안 혼자 좋아했어요. 이준이는 모든 아이들이 좋아하는 인기 많은 아이인데, 전 인기도 없는 데다 용기도 없어요. 저도 인기 있는 아이가 되어서 이준이가 날 좋아해 주면 얼마나 좋을까, 늘 상상만 했어요. 단방귀젤리를 먹고 인기를 얻으면 좋을 줄만 알았는데,

상상했던 것과 달라요. 이준이가 날 진심으로 좋아하는 게 아니니까요. 있는 그대로의 나를 봐 준 게 아니니까요. 다른 사람들도 마찬가지고요. 이제 당당하게 제 모습 그대로를 보여 주고 싶어요. 이준이한테 솔직하게 고백할 거예요."

주아의 말이 끝나자 배불뚝이 아저씨가 함박웃음을 지었어.

"자기 자신을 사랑하고 누구에게나 당당한 것만큼 용기 있는 태도는 없지. 자, 네가 이겼다. 여기, 이야깃값! '뻥뚫어진정제'를 먹으면 방귀가 멈출 거야."

아저씨 옆에서 어서옵쇼가 혀로 털을 고르며 덧붙였어.

"지금도 보면 볼수록 예쁜걸요. 앞으로도 자기만의 매력을 찬찬히 알아 가 보세요. 이아아아옹!"

주아는 고개를 끄덕였어. 그리고 뻥뚫어진정제를 꿀꺽 삼켰지. 부글부글하던 배 속이 서서히 가라앉으면서 몸이 가뿐해졌어.

"고맙습니다. 이제 가 볼게요!"

주아는 가벼운 발걸음으로 길을 나섰어. 숨을 한가득 들이쉬고 가슴을 활짝 폈지.

"그래, 잘 가렴."

아저씨는 주아의 다부진 얼굴을 보며 다정하게 손을
흔들었어. 어느새 환하게 뜬 보름달이 주아가 가는 길
을 비춰 주었어.

4. 얼씨구나그림족자

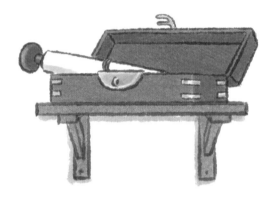

동하는 책상 위 저금통에서 엄마 몰래 동전 몇 개를 꺼냈어. 쓸 곳은 많은데 용돈은 늘 턱없이 모자라.

'대체 승우가 갖고 온 그 지우개는 뭐지? 싹싹 지우니까 태블릿 피시가 사라지는 게 말이 돼? 보고도 믿기지가 않네.'

며칠 전 승우가 거짓말해서 미안하다고 사과를 했어. 태블릿 피시는 가짜라지 뭐야? 그러더니 동하에게 준 태블릿들을 다 가져갔어. 동하는 아쉬워하며 쓰읍 입맛을 다셨어.

'아, 원하는 걸 다 살 수 있다면 얼마나 좋을까? 새로 나온 게임기 갖고 싶다.'

동하 눈앞에 주아네 집에서 본 최신형 게임기가 아른거리는 찰나, 엄마가 방문을 열고 소리쳤어.

"동하 너, 학원 안 가니?"

"지금 가요, 가! 흥, 엄마는 용돈은 조금 주고 잔소리만 많아."

동하는 구시렁대며 가방을 대충 둘러메고 집을 나섰어. 심술이 나서 엘리베이터를 타고 내려가는 내내 입이 툭 튀어나왔지. 그런데 같이 탄 이웃 아주머니들이 요상한 얘기를 하는 거야.

"어제 희한한 일이 있었어. 장 보러 갔는데 골목에 달콤한 냄새가 나는 거야. 나도 모르게 냄새를 따라갔다 가 퍼뜩 정신 차려 보니 모르는 곳에서 길을 헤매고 있 지 뭐야."

"어머, 나도! 만두 사 오는 길에 어떤 여자아이를 만 났거든. 그 애한테 어찌나 좋은 향이 나던지, 한참 옆에 서 있었어. 꼭 뭔가에 홀린 것처럼 말이야. 맛집에서 줄 서서 산 만두까지 줬잖아, 큭큭."

"그러고 보니 요즘 동네에 이상한 소문이 돌던데. 초 등학교 뒷골목에 새로 생긴 문방구에 신기한 물건이 가 득하대. 가끔 이상한 일들이 생기는 게 그 물건들 때문 이라나?"

"그게 말이 돼? 그리고 거기 문방구 있다는 얘기는 한 번도 못 들었는데."

"호호, 믿거나 말거나. 소문이 그렇다고."

"정말 그런 문방구가 있다면 나도 한번 가 보고 싶네, 큭큭."

동하 귀가 쫑긋 섰어. 며칠 전 주아랑 게임하다가 들은 이야기랑 비슷했거든. 주아는 이준이랑 사귄 게 무슨 젤리 때문이라고 했어. 아니, 그 젤리를 먹고 중요한 깨달음을 얻은 덕분이라나? 아무튼 그 젤리는 자기도 처음 가 본 문방구에서 얻은 거라고 했지.

'말도 안 돼. 어른들이 이상한 소문이나 퍼뜨리고, 뭐야?'

동하는 괜히 아주머니들을 쓱 째려보고 엘리베이터에서 내렸어.

그런데 학원 차를 기다리는 내내 자꾸만 아까 들은 이야기가 떠오르는 거야. 신기한 물건을 판다는 문방구 생각이 머릿속을 가득 채웠지. 그때 어디선가 달짝지근한 냄새가 훅 풍겨 왔어. 새로 생긴 붕어빵 가게에서 나는 거였지.

"아, 맛있겠다."

동하는 주머니 속 동전을 만지작거리며 붕어빵 가게

로 갔어.

"이천 원어치 주세요!"

뜨끈뜨끈한 붕어빵을 한입 베어 물자 동하는 온몸이
사르르 녹는 것 같았어. 그런데 옆에서 누군가 붕어빵
을 호호 불어 대고 쩝쩝 소리 내며 요란하게 먹는 거야.

'대체 누구야? 신경 쓰이게.'

슬쩍 옆을 돌아본 동하는 깜짝 놀랐어. 배가 불룩 튀어나온 덩치 큰 아저씨 옆에서 두 발로 선 고양이가 붕어빵을 먹고 있는 게 아니겠어?

'어어⋯⋯!'

동하는 계속 흘끗대며 천천히 붕어빵을 먹었어. 소름이 오스스 돋았지만 아무렇지 않은 척하려고 애썼지.

아저씨와 고양이가 붕어빵 세 봉지를 다 먹고 가게를 나서자 동하는 그 뒤를 얼른 따라붙었어. 골목골목을 돌아 둘이 들어간 곳은 바로 아무거나 문방구였어.

'혹시 아주머니들이 말한 그 문방구……?'

동하는 학원에 가야 하는 것도 잊고 아무거나 문방구 앞을 서성였어. 문방구 안이 궁금해서 참을 수가 없었거든. 한참을 왔다 갔다 고민하다 마침내 문방구 문을 조심스럽게 열었어.

"이아아아옹! 어서옵쇼! 우릴 따라온 걸 보니 필요한 게 있나 봅니다!"

"으악!"

동하는 말하는 고양이를 보고 소리를 질렀어. 고양이는 이런 반응이 익숙하다는 듯 태평한 표정이었지. 그러자 동하도 놀란 마음을 들키기 싫었어. 얼른 마음을 다잡고 능청스럽게 말했어.

"네? 그게 무슨 말이에요? 그냥 지나가다 들른 건데.

어쨌든 구경해도 되죠?"

배불뚝이 아저씨가 커다란 손으로 동하 머리를 쓰다듬으며 대답했어.

"그래, 마음껏 둘러보렴."

동하는 시큰둥한 척하며 구구절절 옛이야기 물건 코너로 향했어. 그러다 문방구 한구석에 놓인 나무 상자 하나를 발견했어. 파는 물건 같지는 않았지. 상자에는 '계약서'라고 쓰인 종이 한 장이 붙어 있었어.

동하는 불쑥 호기심이 생겼어. 가만히 주변을 둘러보니 주인아저씨와 고양이는 다른 일을 하느라 정신없어 보였어. 동하는 침을 꿀꺽 삼키며 상자를 살짝 열어 보았어. 상자 안에는 작은 족자와 종이 한 장이 둘둘 말려 있었지.

'무엇에 쓰는 거지? 옛날 물건들인가?'

동하가 족자를 꺼내 드는데 뒤에서 뚜벅뚜벅 발소리가 들려왔어. 동하는 황급히 족자를 가방에 넣었어.

"필요한 물건을 찾았니?"

주인아저씨의 물음에 동하는 시침을 뚝 떼며 대답했어.

"마음에 드는 게 없네요. 다음에 올게요."

동하는 가방을 안고 재빨리 문방구 밖으로 뛰어나왔어. 가슴이 쿵쿵 뛰었어.

'눈치 못 챘겠지? 이건 훔친 게 아니야. 그냥 잠시 보관하는 거지. 나중에 다시 갖다 놓으면 되지, 뭐.'

학원 수업이 끝나고 저녁에야 집으로 돌아온 동하는 방문을 잠그고 가방에서 족자를 조심스럽게 꺼냈어. 말려 있는 족자를 펴 보니 빨간 문 하나가 그려져 있고, 그림 밑에 이렇게 쓰여 있었어.

툭 치면 원하는 곳으로 가는 문. 하루에 한 번만 쓸 것.

큰 욕심을 부리다간 혼쭐난다.

여러 번 읽고 또 읽어도 무슨 뜻인지 알 수 없었어. 요리조리 샅샅이 살폈지만 낡은 그림 족자일 뿐이었지.

"괜히 갖고 왔어!"

동하는 심술이 나서 족자에 그려진 빨간 문을 손으로 툭 쳤어. 그 순간, 동하의 몸이 족자 속으로 훅 빨려 들어갔어.

휘리릭!

"으아아아악!"

동하는 어디엔가 쿵 떨어졌어. 겨우 정신을 차리고 보니 지난번에 놀러 갔던 주아의 방인 거야.

"내가 왜 여기 있지?"

동하는 의아해하며 주위를 둘러봤어. 그러다 값비싼 최신형 게임기에 눈길이 멈췄어. 희귀한 외국 게임기도 많이 보였지. 동하는 주아 방으로 온 것도 잊고 온통 게임기에 정신이 팔렸어.

"이야! 다 해 봐야지!"

동하는 게임기들을 한아름 안았어. 그리고 손으로

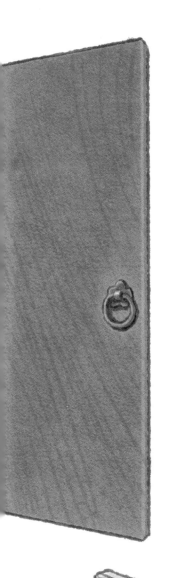

빨간 문을 툭 쳐 보았어. 주아 방에서도 족자 그림만은 제대로 보였거든.

휘리릭!

동하가 문 속으로 빨려 들어갔어. 순식간에 동하 방으로 다시 돌아와 있었지.

"이야, 최고다! 이 요술 족자, 원하는 게 있는 곳으로 데려다주나 봐!"

동하는 신이 나서 발을 쿵쿵 구르고 엉덩이를 흔들었어. 갖고 싶은 게 마구마구 떠올랐어.

"좋았어. 다음은……!"

동하는 다시 빨간 문을 툭 쳤어.

휘리릭!

이번에는 이준이 방이었어. 멋진 옷, 비싼 신발과 가방이 많았

107

지. 동하는 늘 잘 차려입는 이준이를 부러워했어.

동하는 이준이 옷장에서 마음에 드는 옷을 몽땅 꺼내 실컷 구경했어. 방 한쪽에 놓인 신발 상자도 열었어. 가격표도 떼지 않은 새 신발을 신고 폴짝 뛰었지. 마지막으로 동하 눈에 딱 들어오는 게 있었어. 바로 태블릿 피시였지.

"우아, 진짜 갖고 싶었는데!"

동하는 얼른 태블릿을 집어 들어 튼튼해 보이는 가방에 넣었어. 가방을 메고 다시 빨간 문을 툭 쳤지.

휘리릭!

금세 제 방으로 돌아온 동하는 좋아서

입이 찢어질 듯 웃었어.

"아, 계속 이렇게 살고 싶다. 이번에는⋯⋯!"

동하는 거침없이 빨간 문을 두드렸어.

휘리릭!

이번에는 음식이 잔뜩 차려진 지우네 부엌이었어.

"잘됐다! 무지 배고팠는데!"

동하는 허겁지겁 밥을 먹었어. 그런데 이상했어. 또렷이 보이던 빨간 문이 점점 흐려지는 거야.

"어? 잠깐, 잠깐만!"

깜짝 놀란 동하는 숟가락을 내던지고 급히 뛰었어.

"안 돼! 기다려!"

문은 더 희미해지더니…… 아예 사라지고 말았어. 잠시 후, 지진이 난 것처럼 바닥이 흔들리기 시작했어. 동하는 무서워서 벌벌 떨었어.

'어떡하지? 너무 욕심 부렸나? 나, 벌 받나 봐…….'

흔들리던 바닥이 멈추고 무시무시하게 큰 목소리가 동하 귓가에 왕왕 울렸어.

"찾았다, 내 족자! 감히 '얼씨구나그림족자'를 훔쳐? 쯧쯧, 아무거나더러 관리 잘하라고 그리 일렀건만!"

큰 호통 소리에 동하 몸이 휘청댔어. 몸 전체가 납작
하게 눌려 둘둘 말리는 기분이었지.

"사, 살려 주세요! 잘못했어요! 친구들 물건 다 돌려
줄게요. 정말이에요!"

동하가 말을 마치자마자 머리 위로 번개가 쳤어.

번쩍! 찌리릭, 쩍!

동하는 쓰러져 정신을 잃고 말았어.

"아무거나, 책임져! 내 물건 잃어버리면 어떻게 된다
고 했지?"

"잃어버린 게 아니고 도둑맞은 거라고. 찾았으면 됐
잖아!"

"되기는 뭐가 돼? 저 꼬마랑 족자를 찾아온 것도 나

라고. 집까지 잃어버렸으면 어쩔 뻔했어?"

"집은 멀쩡하잖아. 내가 맨날 너희 집 청소해 준 건

생각 안 해? 얼마나 힘들었는데!"

"이건 이거고, 그건 그거고!"

"아이고, 둘 다 그만! 이아오오옹!"

시끄러운 소리에 동하는 조금씩 정신이 들었어. 슬며시 눈을 뜨니 아무거나 문방구 주인아저씨와 고양이, 그리고 기다란 수염이 두 가닥 난 사람이 고래고래 소리를 지르고 있는 거야.

"여, 여기가 어디예요?"

동하가 비실비실 일어나 앉는데 배불뚝이 주인아저씨가 동하에게 재빨리 말했어.

"자, 어때? 나랑 재밌는 이야기 한판!"

동하가 머리를 감싸 쥐며 물었지.

"갑자기 무, 무슨 이야기를요?"

배불뚝이 아저씨는 웃으며 말했어.

"아무거나! 이야기라면 아무거나 다 돼!"

그 말에 동하는

서러웠던 마음이 스르르 녹아내리는 것 같았어. 마음속 이야기가 봇물 터지듯 술술 나왔지.

"친구가 새 물건을 자랑하면 무지 부러웠어요. 내가 갖지 못한 옷이나 신발, 최신형 게임기 같은 거요. 저한테 꼭 필요한 물건이 아닌데도요. 무작정 남의 물건을 탐내는 건 잘못된 거예요. 정말 갖고 싶은 물건이 있으면 엄마 아빠한테 이유를 잘 설명할게요. 투덜대기만 하지 않고요."

동하의 말을 가만히 듣던 배불뚝이 아저씨가 말했어.
"욕심을 다스리는 건 참으로 어려운 일이야. 그 어려운 걸 해내겠다고 하니 멋지구나. 자, 네가 이겼다.

여기, 이야깃값! 이 시계를 가지고 가거라. '말짱도루묵 뚝딱시계'야. 친구 물건들은 저절로 제자리로 돌아갈 거야. 그리고 너도 원래 있던 곳으로 데려다줄 거다. 단, 이렇게 잘못을 되돌릴 수 있는 건 이번이 마지막일 거야."

아저씨가 동하의 손목에 시계 하나를 채워 줬어. 그러자 인사를 나눌 겨를도 없이 휘리릭, 동하가 문방구에서 사라졌지.

스르르 눈을 뜬 동하가 서 있는 곳은 학원 버스 정류장이었어. 동하가 눈을 비비며 중얼댔어.

"이게 어떻게 된 거지……?"

동하는 버스에 오르며 얼른 손목을 살폈어. 문방구 아저씨가 채워 준 시계는 온데간데없었어. 하지만 그동안 겪었던 일들은 생생하게 떠올랐지.

'다시 제자리로 돌아와서 정말 다행이야. 아저씨, 고맙습니다.'

동하는 가뿐한 마음으로 활짝 웃었어. 얼굴에 닿는

햇살이 참으로 따뜻했어.

 참, 어쭈 도사와 아무거나 도깨비는 어떻게 됐냐고?

 동하의 이야기에 흠뻑 빠져 있던 어쭈 도사는 깜짝 놀랐어. 동하가 사라지자마자 아무거나가 펑! 하고 도깨비로 변한 거야. 아무거나는 곧장 어쭈 도사에게 내기를 걸었지.

 "자, 어때? 나랑 재밌는 이야기 한판!"

 어쭈 도사가 꽥 소리쳤어.

 "아무거나, 또 이러기야? 뭐, 이야기라면 아무거나 다 된다고? 대체 왜 이렇게 이야기에 집착하는 거야? 내기를 걸고 또 걸고, 지겹지도 않아? 잠깐 방심했더니, 아이참!"

 아무거나는 어쭈 도사를 놀리는 게 재밌다는 듯 실실 웃으며 말했어.

 "어쭈, 아직도 모르겠어? 난 이야기를 모으려고 문방

구를 연 거야. 세상은 이야기 덕분에 끝없이 살아 돌아가. 이야기는 사라지지 않고 현재는 물론 과거와 미래까지 이어 주지. 내가 이야기에 깃들어 영원히 살아갈 수 있는 이유야. 자, 그러니 어서 나랑 이야기 한판!"

어쭈 도사는 이번에도 아무거나의 이야기 내기를 피해 갈 수 없었어. 아무거나가 "재밌는 이야기 한판!" 하고 소리치면 누구라도 그럴 수밖에 없지.

어쭈 도사는 입을 삐죽대며 말했어.

"쳇, 무슨 이야기?"

아무거나가 씩 웃었어.

"알잖아. 아무거나! 이야기라면 아무거나 다 돼! 네 휴가 이야기는 어때? 다 들으려면 오늘 밤을 꼬박 새워도 시간이 모자랄 것 같은데?"

그 말에 어쭈 도사는 아무거나를 보며 덩달아 씩 웃었어. 그리고 신나게 이야기하기 시작했어.

"맞아! 얼마나 재미있었냐면 말이야. 덩치가 어마어

마하게 큰 코끼리를 봤는데……."

어서옵쇼가 슬쩍 새 이야기 장부를 가져와 아무거나에게 건넸어.

"아무래도 그 장부로는 부족할 것 같은데? 이아아아옹!"

어쭈 도사는 목이 쉬어라 이야기를 하느라, 아무거나 도깨비는 팔이 빠지게 이야기를 받아 적느라 시간 가는 줄 몰랐어.

어느새 해가 지고, 달이 뜨고, 밤이 깊어만 갔어. 어쭈 도사의 이야기가 끝나기는…… 하려나?

도깨비 이야기 장부

어쩌다 빨간부채 파란부채 세트

2040년 4월 5일

아무리 찾아도 어쩌다 빨간부채 파란부채 세트가
문방구에 없는 거야. 어디다 흘린 건지! 당최 찾기가
힘들었어. 이야기 장부를 짊어진 채 이곳저곳 헤매고
헤매기를 오랜 세월, 드디어 뭔가를 발견했어.
길가에 희한하고 요상한 산이 우뚝 솟아 있었지.
한걸음에 가 보니, 아차차! 어떤 사람이 길가에서 주운
부채를 자기 코에 대고 하염없이 부쳤다지 뭐야.
세상에, 그건 산이 아니라 사람의 코였어.

알쏭달쏭요술붓

2052년 7월 14일

누가 알쏭달쏭요술붓에 장난을 쳤어. 붓의 털을 뽑아서
그걸로 붓의 다리를 그린 거야. 세상에! 진짜 다리가
생긴 알쏭달쏭요술붓은 신이 나 냅다 도망갔지.
다리 달린 붓은 여기저기 쏘다니며 온갖 사건을 만들었어.
내가 소문으로 전해 듣고 이야기 장부에 쓴 사건만 해도
1,000,000,000쪽이 넘어간다니까? 진짜 못 말려!

단방귀젤리

2069년 9월 28일

문방구에 놀러 온 반려 로봇이 단방귀젤리를
봉지째로 삼켰어. 함께 온 인간이 로봇 값을
물어내라고 호통쳤지. 억울해서 어쩔 줄 모르고
있는데 어서옵쇼가 나섰어. 어서옵쇼가 날카로운
발톱을 세워 로봇 몸통에서 젤리 봉지를 뽑아내려는
순간, 젤리가 펑! 터졌어. 봉지째로, 로봇 몸속에서
말이야. 흐으으으…… 좋은 냄새!
호통치던 인간의 목소리가 금세 부드러워졌어.
히힛! 이제 인기 만점 로봇이 되겠지?
안 물어 줘도 되겠지?

얼씨구나그림족자

3000년 12월 24일

구름 택배 서비스로 얼씨구나그림족자가 배달됐어.
어쭈 도사가 웬일이지? 나랑 어서옵쇼를 크리스마스
파티에 초대한대. 초대장에는 이렇게 쓰여 있었지.
'메밀묵 무한 제공.' 아, 수상하긴 하지만 메밀묵은
못 참지! 어서옵쇼야, 날 꽉 잡아라. 빨간 문을 한 번만
툭 칠 거야. 준비됐지? 하나 둘 셋! 아차차, 이야기 장부
챙기는 걸 깜박했다. 미안, 이제 진짜 간다.
툭! 휘리릭! 안녕!

작가의 말

애들아, 잘 지냈어? 반가워. 너희랑 다시 만날 날을 손꼽아 기다렸어. 궁금한 게 너무 많거든. 혹시 아무거나 도깨비 만났니? 이야기 내기는 해 봤어? 도깨비랑 친구가 되기로 했고? 언제, 어디서, 어떻게 도깨비를 만났는지 나한테만 슬쩍 이야기해 주면 안 될까? 어떤 이야기를 듣게 될지 두근거린다.

사실 며칠 전에 아무거나 도깨비를 만났어. 도깨비랑은 신나고 재밌는 일이 생겨도 보지만 슬프고 속상할

때도 만나. 우린 친구니까.

도깨비는 한껏 들떠 있었어. 좋은 친구들을 많이 사
귀어서 기쁘다고. 이야기도 잔뜩 모았다나? 몇몇 친구
의 이야기를 전해 들었는데, 도깨비가 왜 계속 이야기
내기를 거는지 알았어. 하나같이 소중한 이야기이지
뭐야. 너무 웃겨서 깔깔대다가 같이 화를 내기도 하고,
가슴이 뭉클해져 눈이 빨개지기도 했어. 그러다 보니
어느새 꼴딱 밤을 새웠지만 계속 더 듣고 싶었지.

도깨비와 너희가 만난 시간과 장소가 제각각인 것도
재미났어. 꼭두새벽부터 한낮, 저녁, 심지어 한밤중 꿈
속에서도 만났다며? 어떤 친구는 목욕탕이나 화장실에
서도 만났다는데, 정말이야? 이제 도깨비랑 친구가 됐
으니 자신 있게 너희만의 이야기를 할 수 있겠지? 더 씩
씩해지고 멋있어진 너희를 생각하니 나도 덩달아 신나.

응? 아직 아무거나 도깨비를 만나지 못했다고? 아차
차, 그럴 수 있어. 하지만 실망할 필요 없어. 언젠가 꼭

만날 수 있을 테니까. 모든 친구들이 도깨비를 만나게 되는 그날까지, 나도 나만의 이야기를 모으며 기다리고 있을게!

2025년 봄

도깨비의 친구, 정은정

3권에서 계속됩니다.